歌集

恋愛賛歌

山本武吉

Takeyoshi Yamamoto

まえがき

ここ数年、短歌ブームと言われるが、私はそれに関係なく親しんできた。早朝、発想のおもむくまま、集中して短歌《うた》の世界にひたってきた。数多く詠んだ分野の中に、意外に多く相聞、つまり恋歌が含まれていることに気が付いた。

ここに自作恋歌ばかり五〇〇首を集めたが、一首一首丁寧に、折鶴を折るように詠んだものばかりである。みな色違いで、灼熱の赤があれば、落ち着いた青もあり、闇の黒もある。それら折鶴を俯瞰するうち、一度恥をかいてみるか、と出版に至った次第である。

「恋愛賛歌」と大層な題をつけたが、「微熱の歌集」でもある。読者は各世代の折鶴を観賞し、たとえ一首でも心に沁み、共感を得ていただければ幸いである。

恋愛賛歌＊目次

一　微熱

微熱あり軽い動悸とイライラと君は落ちない吾が美貌でも

日傘さし女出かけて泣き帰る一夏《いちげ》の恋か一世の恋か

キスのまえ一口含む赤ワイン彼の鈍さにいらだちで燃え

成人し薔薇の赤さが目にしみる君の唇に触れる僕の指

ネイルした人差指がスーッと伸びわが喉を突く君のアンサー

乗り越して逆もどりする電車にて君と出会うは縁《えにし》の不思議

腰を抱き密着させて歩きつつ恋の劣化に二人は悩む

恋に倦み芸なき我は酒に逃げ君は短歌の香りにひたる

拒絶され憤怒の河を渡らんとあるはずもない拳銃探す

お彼岸に他家の墓誌読み恋をした「俗名幸子十七才」に

合鍵を君に渡してまだ来ない追うて待つ身の切ない五月

秋はまた思い出させる嫌なこと燃えるいろはが古傷を焼く

熱愛し焦がれ死にする寸前もナースの君は我を手当せず

通話中偶然入る猫の声入れてもらえぬ君住む部屋に

抱き寄せて頬と頬とを触れ合わす微妙にわかる唇の拒否

行く春を惜しめど来たる夏もよし君の薄着は涼風を呼ぶ

雪国の雪の降らない暖冬に君が嫁いだ狂った季節

天神の杜の中にも春が来てお守り握る初めてのキス

運命が同じ誕生日《ひのひとひと》を引き合わすなのに二人は別れの予感

恋人が滑落をした剣岳無念の場所に雷鳥が住む

君を知り己が容姿を憎めども言霊こめる初の恋文

急に来た別れ切り出す紅い唇《くち》美貌ましたと思った矢先

校庭の気になる男子は良家の子「いじめてやるか」と小悪魔になる

恋をして軽んじられた魂の我を癒さぬ京都《みやこ》の桜

恋みくじ引いて無言の君の顔賽銭箱に破って返す

外苑の銀杏並木は黄金色きみと歩いて別れを飾る

高校に電車通学の五日目に手紙をもらい発熱の姉

牧場でポニーに乗ってはしゃぐ君独身最後の乳房を揺らす

「さよなら」と君去る秋のすすき原濡れてなかった二つの瞳

病得て故郷遠く命《めい》わずか目を閉じおもう苛めたあの娘

彼氏とは終わっているけど曖昧に初歩の手管で悪女のそしり

君がきて桜嫌いが連れ出されしぶしぶ歩く満開の土手

大寒に滝に打たれる女性あり委細語らぬ紫の唇

授業中熱い視線の女子生徒拒否のにらみに瞳が濡れる

女子高の卒業アルバムを君が見る「花の図鑑」と私を探す

雪の日に雪の記憶をつくりたく君を呼び出しファーストキスを

忘却に見捨てられたか我がこころ君忘られず高野にこもる

今はもう記憶で回す観覧車二人で惜しむ解体の跡

夏盛り若い男女が気にかかる恋に中って秋鬱になる

共に見る雨の桜はしっとりと幼なじみが恋人になり

産みたいと縋って泣いた君を去る波瀾望まぬ卑怯な若さ

我いつも知性の足らぬ恋をする詩人の君に現実を説く

帰省してあの娘《こ》嫁ぐと教えられ我はもう過去淋しき怒り

君愛し体こわして限界に心研ぎあげあとは死ぬだけ

今日もまた逃げる君追う苦しさに磔刑にせよ花野の中で

春の海暗い渚に白波が抱擁忘れ潮騒を聞く

一度でも夜に乗りたい観覧車君に声かけ保留の返事

桜咲く大阪城のプロポーズあとで後悔落城の過去

教室に蛙十匹ばらまいて君に刷り込む小五の心

心よりやはり物理のこの世界君去るわけも質量の多寡

二　狐火

ただ歩く君を恨んで一人旅暗夜の山に狐火を見る

手が触れてつねりつねられ指を切る初心《うぶ》な夜空に乙女座スピカ

失恋を重ねるたびに晒しもの真心いつも道化にされて

話しこみ二人神社で職質を初めて受ける高二の春夜

寒行に芯まで冷える修行僧熱き柔肌を思うが支え

恋愛のるつぼを知らぬ少女たちすでに待機の灼熱相手

失恋し泣いて身をおく増上寺見目うるわしい東京タワー

屈辱の恋の駆け引きみな負ける女は俺で自信をつける

お見合いしなぜか気になる糸切り歯鋭く白い乗り気の相手

気合い入れ君を待つ日の部屋掃除「花瓶用意」と可愛いメール

明日香にて女性に目移り君切れて古墳の中で我が尻を蹴る

君の名を紙に百回書いて抱く恋が育てる胸のふくらみ

抱擁をすれば高まる心拍の感応で鳴る福音の鐘

秋となり穂波ゆらいで恋が立つ村の男女も実りの季節

「お嬢さん婚約破棄して悩まない川の水さえ悩みつ流る」

鍵穴に初めて差した部屋の鍵いまから入る女の子宮

渋谷にて目線の先に君が待つわざと十分待たせる至福

わが指が朱唇に入り舐められて破戒がよぎる御ほとけの前

高校のスナップ写真のどれ見てもあの子の横でわれ関せずと

昨日会い今日も神社で無駄話一日《ひとひ》一日に記憶《とき》の血通う

どこからか拍動聞こえ顔を上げ目が合い伏せる上司の女性

君と逃げこれで良いかとさらに問う果てぬ山河《やまかわ》ただ肌合わす

日傘さす和服美人に髷が惚れ関取目ざす両国の春

電車きて好意もつ君今朝いない一本待とう遅刻を許す

悩む年齢《とし》思春期入るお互いに君はふくらみ我起立する

燃えている紅葉の森の暗闇に好んで入るくすぶる男女

君と会う十年ぶりの駄菓子屋で警察官と看護師となり

逢いたいと縋る男に金出させ私は落ちる自嘲の底に

薄暗い峠下れば日がさして棚田で歌う早乙女の君

美大入り心の色はバーミリオン、ラピスラズリの恋人ができ

今宵また踊るブルースに君は泣く思い当たらぬ秘匿の心

注射する顎に黒子の看護師さん「痛くないよ」と大人をあやす

愛し合い二本の紐を固結び情熱冷めてトラブル解けず

出戻った君が私の掌にぎゅっと握らす団栗《どんぐり》三つ

嬉しくも花屋を出れば雨こぼれ乾いた恋をうるおす夕べ

今年こそお見合いせよと父母が逃げるのやめた挽花の私

君はまた美しすぎて絵が描けぬ画技の拙さ死にたいぐらい

君去って気配が残る部屋の中包丁持って残像を切る

君を待つハチ公前の人だかり型にはまった吾が恋愛も

人間に生まれて実は人嫌い愛さぬ恋を試しつ生きる

君あての手紙を書いて封をして切手を舐める恥じらう舌で

去る朝に特別重く厚い霧押し潰されよ失恋の街

君溺れたった十五で一期とは恨みに思う夕焼けの海

君と僕親しくないが顔なじみ即かず離れず季節を歩く

指の間に指を入れ合うこそばゆさ身は純潔の青春愛撫

ままごとの中に二人の秘め事が君は嫁いだ何事もなく

君と会う風の大路の隅田川スカイツリーが秋天に立ち

君ときた三浦の磯をすぐ離る記憶がいとう海鵜の黒さ

十代が桜の下で指切りを糸が切れない御室《おむろ》の誓い

休校日君を思うて落ちつけず我が目にくれた昨日の笑顔

三　勇気

勇気出し君に声掛け共に聴く針から流る黒人霊歌

白波が一日一日を崩しゆく君と過ごした健康な日も

木曽川の河口に生まれ住む吾に下ってみせよ上流の男性《かた》

本当はハグしたかった別れの日救いが欲しい我が気の弱さ

蔵の中ワインの樽に月光が二人忍んで発酵を待つ

樹海入り君を捜して三年目赤いコートを白骨が着る

初めての流星を見た感激を君に与えた二月の寒夜

水の面に君の名前を目で書けば落とす涙が水底を打つ

自分とは一体誰かと問いつつも彼女とはしゃぐゲーセンの中

はっきりと「貧しい恋」と君言いて「豊かになる」と切り出す別れ

清水の舞台の上で待つ子宮はにかみ受ける汝《な》のプロポーズ

朝露に可憐に濡れるすみれ花前行く君を目で抱きしめる

秘めやかに思う心は根がのびて慕う上司の足元を這う

二十五で女子高生と恋をしたかたい唇に未熟の甘味

解雇され無性に人を襲いたく抱きつき止めた聾唖《ろうあ》の秋子

小娘が雪で冷やした両の手で我が頬はさむ可愛いはしゃぎ

レモンとり我が頬当てるこそばゆさあの娘に決めた初の頬ずり

恋う女性《ひと》と思いかなわぬ苦しさに歩きはじめる「ウェルテル」の道

口で負け平手打ちした君の頬ぼたんが盛る罪得た日時

君と会う水中花咲く地蔵川触れさせぬのに触れ合う心

黄金敷く銀杏の上でプロポーズ富貴を約す素朴な男

風とおる田植の時期に恋をして奥手の我に初穂が実る

友尋ねすぐに戻ると奥様がお茶出す指の残像消えず

泣いているいつも跳ねてる妹が恋の喜び涙艶めく

自転車の外れたチェーンを直しやる少女の感謝が記憶の花に

墨をする書家の熱愛冷めたいま流麗に書く別れの手紙

コロナ禍に「お互い距離を」と君言えど今まであったこれからもある

しとしとと青い時雨が降る中で傘が触れ合う接吻の前

傷心を忘れるための旅に出て百舌がほじくる別れた理由

君はなぜ私を拒む七年《ななとせ》も那智滝見よう根雪も解ける

一心を込めて愛する君と子を二人来てくれ三度の願い

失恋し傷心抱え他の人と神は二番に幸せ贈る

冬なのに日射しの強い川の端われを呼び出すあの娘の怒り

「暗闇を歩きましょう」と彼女言い体合わせる断崖の宿

安らかに眠ることなし片恋のあるかないのか君への小径

涼風もわが唇に触れたとき恋に悶える旋風となり

何かしら雲の流れが速くなり何を示唆する今宵のデート

海女小屋に十七歳の新人が母の報せに「惚れた」と叫ぶ

迷うたが君住む街の駅に立つゆるりと歩くシャッター通り

わが胸の焔《ほむら》冷ませよ通り雨追わぬと誓う東寺の別れ

恨む目が僕をとらえて離さない薄い朱色の涙が落ちて

君の背に触れつつ眠る深更にうつらに聞いた一雷の音

君が身を沈めた海に吾が来て手折る白梅を洋上に挿す

お互いの小指甘噛む初恋の「胡桃《くるみ》」と名付く交換日記

赤い薔薇深くなるほど破滅色君をさらえば故郷は無し

登校の前行く君の後につく声をかけよう霧濃いうちに

息をしてまた息をする連続性この頃とめる君の唇

散る花のひとひら胸に突き刺さる身に覚えありあの娘は何処

あと一つ峠越えれば逃げ切れる君の目にある後悔の念

風邪ひけば君が漬けたる花梨酒が「きっと飲んで」と添え書きにあり

四　恋歌

「君」と呼ぶ恋歌だけを詠むおかた君は「鏡子」と明かさぬ憎さ

他の方と恋愛中に君を知り躊躇なかったメタモルフォーゼ

失恋しスカイツリーを降りたとき東京濡れて予報が当たる

亡き君の登録番号消さずいる知りつつかける「使われてません」

手話をして降りる京都は夕暮れて新幹線は汝を尾道へ

手をつなぎ一気に登る城跡の涙で捨てる眼下の故郷

村一の三味線弾きは恋下手で振られた娘の伴奏ばかり

医院にてピアスの穴を開けたとき恋の予感か耳たぶの熱

トラウマに一切はめぬ腕時計手首離さぬ君思い出し

雨上がり虹の根元がわが里に祝福しよう君の結婚

大仏を見に来ただけが君と会い藤子不二雄の高岡に住む

「愛あれば命かけて」と涙目で覚悟を問うた接吻の前

君と飲むモカコーヒーの喫茶店じつに楽しい不毛の会話

里に来て嬢は木陰のキスが嫌いつもせがむは野の真ん中で

君を知りどっぷりつかる京文化われは跡取り捨てるか岩手

清らかな雨の白玉みな割れて二人を濡らす指切りの丘

夕焼けが私の顔を燃やすとき君は怖いと間隔をあけ

故郷の目ざす空家に忍び込みあの娘の部屋に初めて入る

沈黙の君が愛する人は誰三度質《ただ》せど我が名を呼ばず

二十五で確信をしたわが無能リスクとるなと恋人に説く

特に春女子高生は匂いたつ酔いながら立つ教壇の上

止めたのにバイクで帰る雨の夜泣きながら打つ墓石の頬

怪しげな危険が香る月下美人「みせてあげると」とお招きあれど

着信を拒否され走る自転車の誤解を解かん六キロの道

食事中うっとりと見る喉ぼとけ今は締めない幸せの日々

雨傘を持って待つ身のときめきに情緒を知った恋する少女

「恋愛をして下さいと」と声をかけ君と知り合う渋谷の甘美

琴弾いて雪解け祝う十八歳《じゅうはち》に紅梅ひらき手折られし吾

わが耳朶をいく度もつまむ君の指さいごはいつも唇で噛む

君思い赤門前でうれし待つ口紅をさすふくらかな唇

鈍色の果てなき空に我は住む待ち人は来ず傷心二年

黙り込む海を見るたび沈む君わけも言わずに我が胸で泣く

少し酔い腰を抱かれて歩くのは顔に色つくネオンの渋谷

月の夜よもやと思う恋心このわたくしが何故あの男

三十路きて釣り合う方が現れず行使できない受胎の権利

公園でまどろみ覚める目の前に美女があいさつ教え子育つ

春の夜はうら哀しくて艶がある男女の会話は別れか契り

思いつめ古いベンチに二人して「知恵を授けよ身を預けてる」

春がきて蕾はじける音がする誘惑が待つ処女の白梅

秋雨に秋篠寺でやむを待つ紅い和傘が「どうぞ」と招く

探り入れ別れの言葉を告げた時さらりと受けて立ち去る彼女

なつかしい同級生の女の子つんと横向く意地悪も消え

キスをして「塗って」と君がリップ出す不快だったか荒れた唇

ご神木の前で待ちあぐ女高生男子あらわれ頬打つしぐさ

電車待つ同じ高校の男の子気になりだした鼻梁の高さ

また一つ一蹴された恋心書かねばならぬ日記の使命

津波禍を追憶しつつ手を合わす祝祭だった彼との逢瀬

忘恩の女と言われ席を立つ貢ぐ男はみな卑怯者

恋愛のるつぼに落ちて線を越え逃げる彼女を哀しみで追う

逢いたいと思い一歩を踏み出せどいつも邪魔する逢瀬の疾風《はやて》

五　波動

戯れの恋のつもりが真剣に彼の波動に服する歓喜

梅の木のかたい蕾にカップルが唇寄せてかける熱い息

外は雨「何かあるたび降るよね」と君はつぶやき別々に去る

噛み跡が今でもうずく左肩「一生残る」と勝ち誇る君

恋人ができて私に色彩が追いついてきた遅い青春

風の音は鎮守の森に増幅し若い男女の会話を富ます

舌にのせ花のひとひら飲み下す吃音ゆるみ君と語らう

春なれば「さくらさくら」と煩くて君と避難の知床岬

三年の彼との仲を解消し別れた後の刺激を探す

呼び出して別れ話の日曜日愛した君を見限る私

生まれつきお調子者の君のこと惚れた私は女を下げた

村の娘《こ》の春の初めのしきたりは、いてもいなくも恋文を書く

ボロボロと日焼けの肌が剥けてきて君の指這うしあわせの背《せな》

夜も更けて脳裏の君と見つめ合う相思であったリリカルな頃

土手に寝て目で青空に君の名を書けば涙が天上を打つ

唐突に女の髪に指を入れ「好きだ」と言われくだけた矜持

彼といて葉擦れの音がうるさくて屋敷林なる砺波のわが家

恋人が「あなたは少し異常ね」と気付きが遅いわれ悩み好き

終わったと自らさとり身を引いて心で五回あの娘を射殺

町内の坂の上なる外科医院同い年なるきれいな息子

捕まって酒癖悪い友と飲むなぜ別れない美人の奥様

春乱す香りの強い沈丁花主張を曲げぬ君にそっくり

高校に通学利用の無人駅いつも一緒の隣家の美登利

労働の金を貢いでキス一つ惚れてしまった男の哀歌

姉が汝に「自分の広告足りない」と納得してる二十歳になって

眠るまえ裏の瞼に君映り我を恨んであふれる涙

人目なき蔵の裏にてたまたまに娘と杜氏の口づけを見る

修験者になると熊野に消えた彼なみだ目で見る那智の大滝

あこがれの君と一緒に薔薇を見てチクリ刺さった棘ある言葉

君はまた頬のあばたを撫でてくる必ずつねるネイルの指で

僕の名を呼び捨てにする女高生大きくなって生意気なって

「たんぽぽ」と君が詩に書く吾のこと都会に住んでもまだ野辺の花

わが口を付けたストロー君奪いメロンソーダを涼やかに飲む

けんかして吾を馬鹿だと言い放つ君の頬打ち涙で憎む

水平におのれ保てず船で吐く君はけろりとワインを空に

我も汝《な》も快活なりし原始人文明人はみな鬱をもつ

日焼けしたわが頬触れる白い頬「焦げ臭いわ」とククッと笑う

耳痒く「膝枕して」と言い出せず小指を入れる無職のわが身

失恋し一年ぶりに恋をして甘い受粉で復活の春

「複数の恋愛したい」と君が言い同じ気持ちを涙で隠す

逢いたいと願った時に君が来て何度もあった恋の神通

雪の日に一生懸命君と恋、本降りとまる薄雪の街

名も知らぬ君の柔肌白すぎて記憶に長し一夕の添い

君去る日伊吹の山に雪が降る「更生する」と私を捨てて

君と飲むメロンソーダの澄んだ青マイストローの麦わらを出す

六月の雨に感じて君誘う紫陽花を見る山の隠れ寺

雨がやみ二人離れて月が出るボタンを閉じる濡れたブラウス

手紙よし女心を知る君よ入れて幸せ蒔絵の文箱

「来ないで」と拒否する声が忘られぬ死ぬまで続く恋の残響

十歳の妹つれて秋祭り男子を見つけ手話する二人

六　青春

青春が閉じてわたしに残るのは恋の屍《かばね》と詠み捨て短歌

放浪にふらりと出でて戻るいま君に打たれる頬の快感

君を乗せ自転車転ぶ泥田んぼ我が思い出の金賞となる

「さあ立って」と悩む我見て腰を上げまず歩かせる彼女の強さ

リベンジを誓う高校の帰り道成績一を萩寺の娘に

君にいま説得できる言葉なし物理を使う奪還の道

幼きに仲良しだった娘が熟し目がみれなくて唇を見る

君の名を初め微かに呼んだけどはっきり聞かす林檎の花に

迷う日に幸せ顔の朝日出て黒髪を切る前向く別れ

春になり春子の名前が気に入らず「桜子」呼ばす忠実な我に

臆病が燃える紅葉になりそうで自分が怖い秋の恋愛

一心に君を描いたカンバスの裸身を飾る二つの乳房

さらさらと水の流れる音を吸い君と歩きし哲学の道

身悶えし不倫苦しむ女あり揺れる吊橋を行ったり来たり

春雨に潤い残る青い空しっとりと着くお見合いの席

わが身には一期の恋と説き伏せど旅の途中と一蹴の君

月光の一筋入るワンルーム「眠りましょう」と恋人の声

君はまたわが恋文を読みもせず火あぶりにする微笑みながら

ローソクの炎の揺れを見るうちに不安がつのる彼との間

旅に出て知らない里で古寺にあうお顔が見たい読経の名手

君がいて吸う息吐く息ここちよく茶室に二人密やかな午後

サッカーで入学したら君がいて部活のほかに花壇の係

すーっと引き君が透けてる鉋屑嫁《かんなくず》さんとれる腕前となる

別れぎわ香水強き頬ずりを失恋させて匂い忘るなと

鉢植えの赤いトマトに子猫じゃれ秋やわらかに恋文を読む

久方に君に招かれお抹茶をコーラの瓶に侘助を挿し

ぶ男に福祉のつもりで声をかけ拒否され怒る女の矜持

恋文の着弾しない君の胸微笑みもらうそれだけの我

足跡が波に消されてまた付いてそれを承知の湘南の恋

公園にサックスを吹く少女いて隠し描きするスケッチブック

君のこと頼りがなくて腹立てどかかぁ天下の楽しみが待つ

朱唇《くちびる》が好きだと言われ無視をする何故とらわれる無能な部下に

晴天に低山歩きを君としていたく気に入る白い二輪草

偶然に三回出会いあきらめた運命論者の君につかまる

私だけ上手くならないコロナ禍の君に向けたるアイコンタクト

今日もまた隠れて我は君を追う甘美な異常に酔いしれながら

わが恋はお金貢いで糸切れずこれも純愛暮色の街で

リンゴ剝くペンだこのある君の指剝き切る皮をわが首に巻く

微熱出る待つ身と秋が重なって乳房に抱けどスマホは鳴らず

春雨が糸引くたびに君は泣く「女の機微」とわが手をつねる

七　油断

雷神の怒りしずめる触れ合いと口づけされた真夏の油断

八月の休みの迷路にはまり込む少年少女の危ない揺らぎ

「忍《しのぶ》」と言う嫌いな文字の料理屋で旦那と切れる芸妓の私

彼とお茶指で落とした角砂糖スプーンでそっと苛めて溶かす

ライダーの君の髭剃るわが手指意識もどらず十日が過ぎて

口笛を吹けば小鳥が寄ってくる少しも鳴らぬ姫の唇

薔薇の前われが触れるは棘の先「降伏するか彼女に勝てぬ」

二泊目も吾を奪わぬ柔弱に君を打ちたる掌が泣く

密やかな君の余韻が残るまま彼との式が明日の私

知り合った水泳選手のガタイみて苛めたくなる吾が恋心

ハグをした君の頬っぺは冷たくて私は高い恋の体温

たんたんと君を思いて農事する軽トラに乗り桃を届ける

初恋を思い出すたび憂鬱に打たれ弱さのはじまりを知る

好機きて君をさらわん嵐の夜たどりつけるか深窓の前

「秋までに征服する」と君が言い喜色かくして冷たい私

迫られて夜の神社で秘密する愛に渇して男に服す

恋人と大仏殿の鴟尾《しび》を見る仲良き雌雄は程よき距離に

恋人の病気平癒の千羽鶴宵の岸辺で送り火となり

窓際の机で微睡のN君はあくびを五回今日の観察

わが胸に封印したる哀しみを暴かんとする君のしつこさ

恋人は少年院に入りし過去われは教師の両親を捨て

恋愛に悩んでいると小五の娘《こ》祖母は仰天母は冷静

別れぎわ満たぬ心をこらえてる触れずに終わる君の唇

吾を好くフレンドリーな男いて距離を縮めず敬語で返す

指切りの小指離れぬ長良川赤糸染めた堰《せき》の夕焼け

はじめての葉山で君と知り合えど危険が匂う真っ赤なビキニ

冤罪に十日の後に放たれる心こわれた女の密告《ちくり》

呼び出して彼を焦らせておごらせて、いけない娘だと分っているが

黒髪を女の知性と信じいて君に走って金髪となる

連いて来て文句ばかりの山歩き朱唇《くち》にねじこむキャラメル三つ

芋を食む君の唇可愛らし目が合い急に羞恥でつぼむ

傷口が開くばかりだ友の恋「追跡するな彼女は去った」

「先生はまだお一人」と聞いてみる恋を意識の一重の瞼

雪の日に赤いセーター君は着て胸のふくらみにスルメの匂い

大阪で豹柄女子に捕獲され逃れられない春の遭難

お見舞いにあえて行かない先輩の恋にとられる蕾の心

胸元のシャツのボタンが取れそうで針もつ女性《ぶか》の言いなりに脱ぐ

秋さなか中学女子のわたくしが「距離おきましょ」と高校生に

夏となり二人が交わす長話こがぬブランコ蛾の灯の下で

太陽がいっぱいなのに日傘さす君に合わない湘南の海

八　寒流

家を捨て小舟で二人漕ぎ出せど果てなく続く寒流の海

毎朝に女子高生とすれ違い我が目見つめる瞳の清さ

二日前君を見初めた南禅寺こころふるえた耐震の無さ

君はもう小学生から弾けてた我をつかまえ「お婿さん」だと

「逃げよう」と言われ嬉しくうなずいた君に委ねる女の盛り

「幸せに」と汝の結婚を祝えども確実にある我の執着

川端の柳の下に芸妓立つ枝の先折る別れの儀式

知り合ってグラスを交わす宵の口稼ぐ男か女は値踏む

吾にきた差出人なきラブレター実は知ってる同性の「真子」

愛しすぎ「一緒に死のう」と誘うとき燃えるいろはが消火に回る

九月きて私を濡らす雨粒に実弾がある彼女の恨み

失恋しリンゴのごとく落下した成績復す吾が巻き返し

夕陰に金を渡してすがりつく崖路を歩く忘我の女

返された本の匂いをそっと嗅ぐ香水つかぬ友人のまま

彼はまた花のTシャツばかり着て「薔薇はないでしょ私がいるに」

「逢いたくば逢ってあげる」とホステスの我にささやく夜更けの銀座

君というミステリアスの解明に結婚という良策があり

確実に我はあの娘に嫌われて分かっていながら「なぜだ」と叫ぶ

君と行く馬籠峠を越える旅ひぐらし老いる木曽路の九月

樅の木に背中あずけて君を待つ際どさ許す寛容な森

手をつなぎ裏山入りアケビとる熟した秋の十歳同士

米をとぐ男一人の夕暮れに猪肉持ってマタギの娘

食事して冬の清夜に昴《すばる》見る君は好まぬ離散の星と

「さよなら」と書かず別れの手紙出す未練承知の残り香つけて

取り乱し「落ち着かせて」とわが胸に君の涙が我が頬を焼く

泣きながら一生一度の恋文を届くことなし君は花の下

降る雨はぶつかり合って地に落ちる破片が刺さる失恋の夜

黒髪の艶めく揺らぎに意思があり梳《くしけず》るのはただ君がため

九　新妻

濡れながら蕾を開く朝顔に羞らいながら新妻《つま》水をやる

人妻が秘めしお方と忍び逢う花の嵐に身を投ぜんと

わが妻の和服姿が美しい好みでさせる胸の着くずれ

新宿に生まれ育って農家入り日焼けで冷める恋の長酔い

葉書きて同窓会に幹事《おとこ》の名「やばいやばい」とぐるぐる回る

結婚し義弟が来れば声が出ず愛想のなさで一線を引く

自転車の前と後に子供のせ幸せ満ちた結婚前期

焚火して我が悪行を燃やすとき気付かぬ妻の善良な笑み

春になり昔の女性に電話した「今さら何」と時は辛辣

高一の娘は担任を好きになる到底言えぬ昔の彼と

嫁してきて夫は私を蔑んで短歌ノートは怨嗟に満ちる

名画座で偶然君と再会し昔デートで観た映画して

詩人たる夫《つま》の真価は放浪に原石支えゆったりと待つ

夫逝いて一年なるに夢に出ず薄情の身を溌溂と生き

夫がする下手くそすぎるリンゴ剥き知らぬ顔する意地悪の午後

ようやくに子供寝かせて彼を抱く果敢な夜は秘めやかに更け

少しずつ会話なくなり涙ぐむ妻が抱える心の氷室

少女から恋をきたえた人妻は「不倫は美容」と何気な顔で

新妻がため息一つ破裂させ私をにらむ余香を感じ

わが妻は美人でないが掃除好き家も子供もきれいに磨く

中段に構えて母が面をとる竹刀交えた父との出会い

コーヒーの香りが満ちるリビングにコーヒー嫌いの最愛の夫

流産し沈む若妻ここは京都《こと》夫と手つなぎ行く微笑仏

痩身の中学教師は押し切られ腰の大きな教え子娶る

ふりかえる淡い十五のすすき原ポニーテールの君との余情

君からのボールを受けて妻となる子を産み思う吾は哺乳類

ワクチンを完全武装でわが肩に目元が照れる看護師の妻

三十で初めて胎に子を宿す夫は感謝で両手を合わす

離縁され元夫《つま》にとられた子を思う原因《もと》をつくった稚拙な不倫

再婚の彼と一緒に巣をつくるされど先妻の余香の強さ

口開けた夫の寝顔に醜さが吐く息吸った新婚の頃

五日前けんかの果てに妻は去る追い出したのか逃げられたのか

レース編む妻は指先ちょっと止め的確に言う昨日の不満

手を合わす六方踏んで世を去った名優に添う花街の幾夜

ほろほろと嬉し涙のコップ酒「明日帰る」と家出の妻が

通学の名古屋の市電は濃い緑あばたがあった少年車掌

わが妻は淡いブルーの単衣着て夏を楽しむお出掛け上手

今年まだキスしていない愛妻とドキドキしてる一月の末

人妻が紳士とお茶の六本木「火傷をしたい唇までは」

離婚後の幸せ願い手を合わす女一人と胎児が二人

小中と吾を苛めて好きと言う貧しあの子の成功を聞く

一年に一度はしたい一人旅くっつき虫の夫から逃れ

髪を梳き口紅付けて君と会う年増一人の馬力は残る

わが恋を追憶すれば冬にあり熱き残雪いまなお融けず

香水を嗅げない距離に追いやられ「近寄らないで」と不機嫌な妻

靴音のきれいに鳴らし妻帰る讃美歌うたい救われの身と

貧しくも夫の人柄に情けありたまの泥酔わたしが許す

わが肌のすえた匂いが好きと言う蓼《たで》食う嫁とよき星回り

定刻にステッキ持って散歩出る今朝のその女性《ひと》病葉《わくらば》を掃く

幾人の男と出会い別れたか法令線が朱唇を囲む

十　香水

夜明けごろ執筆終えてそっと嗅ぐ脳が休まる妻の香水

決然と別れ切り出す月の夜やさしく諭す夫に吐気

向日葵の葉陰に休む揚羽蝶昼寝している健康な妻

泣き虫の幼なじみが今の妻道草をした再婚同士

十年も車椅子押すボランティア今は妻押す紫陽花の寺

臆病に年経た夫は嘘をつく豪放だったと自分史飾る

心臓にいつまで刺さる君のこと賢母が秘める恋の潜熱

愛妻はパワースポットが大好きで傘が引かかる茅の輪のくぐり

苛々を静めるための刃物研ぎ妻を愚痴って腕の毛を剃る

「ただいま」と家に帰って妻がいてただそれだけで金《きん》の幸せ

君の名が忘れられない十五から姓を三度も移ろった名が

時折に視線外して話す妻ぐっとこらえる小さなテロに

和菓子屋にお嫁に行った君はいま小豆を煮てる苦手な早朝《あさ》に

爪をたて夫の手の甲ちょっと突く含み笑いと少しの般若

人妻の心を乱す年賀状思い切らせぬ癖字のあなた

焼き茄子の皮を剥いてる妻がいて結婚できて安堵の不惑

名刹の胎内めぐり夫好む吾の子宮に潜り込むごと

長く病む妻を介護の夏盛りこの頃気付くふいの涼しさ

初恋に埋めた言葉を掘り起こす歳月実り今なら言える

遠い秋理性で泣いて身を引いた嘘の忘却微笑が般若

指切ったあの夕景の美しさ妻は知らぬと何かを決意

君の名をいく度も呼んだ初恋の淡い思いも歳月の底

かいま見た仲良し夫婦のいさかいを日照り雨降る桑名の実家

正月の和服の帯を夫に巻く締めて惚れこむ凛々しき姿

君の死を願う私が過去にいて許せなかった成金に嫁し

「また今日も暑くなりそう」と妻の声「うん」と答える定型会話

詩が売れず妻が働きしのぐ日々孤高の詩人は労働を拒否

あの時に狂わなかった恋思う身を引く馬鹿の歳月紅蓮

ここ十年風邪もひかない壮健を積み上げてきた妻との散歩

念願の離婚するまえ夫は逝きやはり喜ぶ望外の財

若いころ夢中になった君と会うまた燃やされるつれない素振りに

高貴なる女性に恋し身を炙る没落願い見る罌粟《けし》の花

泥酔し鎌に見えたる三日月の叱る妻いる身の幸せよ

おだやかな独り暮らしに君が来て強制される熟年の恋

嫁入りにくぐった晴の冠木門清潔質素な家風になじむ

夫吸わず妻の私がたしなんで指を意識の煙草の煙

年始終え盛装を解く妻の所作ちらちらと見る私とチワワ

何かしら解放されぬ日常に凍結決めた夫との散歩

正座して離婚届けを妻が出す胡坐をかいて拒否する私

下等なる男になったと自嘲する飲み屋のママに教授が惚れる

「旗色が悪くなるたびだんまりね」と我をなじりし正論の妻

わが肌を通り過ぎたる男らの名前の上に口紅で×

乳房出し涼風さらす長い髪おそらく絡むわが喉首に

偶然に大病院で君と会うやつれはすれどまだ美しく

老い人が骨をきしませ散歩する美人の親切昨日もあって

けんかして飛び出し戻る夕暮れに不機嫌に焼く二匹の秋刀魚

排卵のたびに男を振ってきた尽きた美貌を歩かす銀座

夫逝いて一人の老いを愉しもう百歳までの黄金の日々

子供の日そ知らぬ顔の妻を見る私も触れぬ遠き悔恨

名画座の名前がすでに昭和して妻と見に行く純愛映画

十一　水平

「水平に我を保ってくれないか」妻にすがった初めての鬱

若きより思う女性と初に会う緊張で吐く初老の紳士

出世せぬ男と知りつ嫁してきた奇特の妻に感謝の夕べ

神童と呼ばれた夫も老いてきて吾より早い惚《ほう》けの加速

仏足に両手合わせる老夫婦ひとは死ぬまで地べたを歩く

毎朝の散歩は妻と別々に会えば会釈で一会のごとく

ふりかえり等身大の人生で小さな家と健康な妻

足萎えた妻を押す手の車椅子美容院までの秋桜の道

わが夫は出世せぬまま定年に幸せ築いた能力称う

君の名を胸に刻んだ十代の、も一度刻む還暦の情熱《ねつ》

ゆっくりと老いを深める山荘の妻を亡くせば加速がついて

白髪の妻を可愛く思う秋残り時間の色彩淡く

老妻はいつもかってに連いてくる虹が出てきた散歩の途中

花活ける吾の手指は萎えていて誰か握れば潤うものを

恋愛の言葉がすでになつかしい街に出ようか出会いを求め

夫が逝き七たび萩の涼やかに園児が遊ぶ円光禅寺

膝をつき私の靴を磨く妻だまって履いて白髪を見る

満開の土手道歩く爺と婆手をつなぎたい二人の気持ち

幸せに妻と一緒に老いている共にながめる白雲の皺《しわ》

寄り道し街角ピアノを聞いているお婆ちゃんが弾く「乙女の祈り」

君のため買ってあげよう赤い靴すでに歩けぬ患《わずら》いの足

若いころ動作が鈍く苛立てど今は優雅な老妻の所作

わが夫が誇った筋肉《にく》もいまは溶け骨を浮かせる介護のベッド

葉脈のような骨出た夫の胸「泣くな」と吾をか細く叱る

君老いて惚れ惚れ見入る染みと皺おごる美人の毒抜けの顔

古稀なのに恋の引火に驚いて忘れたはずのワルツを踊る

婆さまを落とさぬように爺さまが車椅子押す工事の段差

病床の十歳下の妻がいて看取りたくない看取られたいに

毎日を小さな幸で生きている夫婦で愛でる路傍の小菊

老い深く生身の恋は終わりけりされど愉しき追憶の恋

晩秋に淋しく妻の野辺送り春まで待てと頼んでみたが

「そのうちに俺も行くよ」と亡き妻に涙で仰ぐ天上の青

君の名を密かに呼びて半世紀妻をしのいだ恋慕の長さ

老いてなお君が好きだと叫ぶ秋風雪耐えて生き抜いた恋

時経ても記憶に残る面影が追慕の女性はたぶん一つ下

古稀迎え言祝《ことほぎ》くれる影を知る失恋させた昔の女性

老いたれど護摩木に記す秘めし方焚けども残る余炎の煙

一灯で二人が生きた五十年われは先逝く君長寿せよ

良き夫と愛別離苦が現実に吾が身を炙る喪失地獄

永らえて閑《しずか》に暮らす鄙《ひな》の家君に着せたい百歳の衣《きぬ》

愛もまた風化したかに見えたけど君とかわした古稀の接吻

「縁」という言葉が胸に残るのみ愛した男性《かた》はみな亡くなった

あとがき

――恋する君に幸いあれ

◆ 著者紹介

山 本 武 吉（やまもと　たけよし）
1946 年愛知県生まれ。
上野の森美術館「自然を描く展」銅版画で優秀賞 2 回。
名古屋銅版画集団「インタリオ」で活動。
歌集「恋愛賛歌」初上梓。

恋愛賛歌

発 行 日　2023年 5 月27日

著　者　山 本 武 吉

発行所　一 粒 書 房

〒475-0837 愛知県半田市有楽町7-148-1
TEL (0569) 21-2130
https://www.syobou.com

編集・印刷・製本　有限会社一粒社

ISBN978-4-86743-175-7 C0092